El Hada de la Almohada

Escrito por Marcia Gale Riley
Illustrado por Joni E. Patterson
Traducido por Kemly Regidor

ISBN-13: 978-1532711893
ISBN-10: 1532711891
Library of Congress Control Number: 2016906393
CreateSpace. North Charleston, SC

Para Justin y Matt, quienes hicieron que
El Hada de la Almohada fuera un tiempo mágico.

Para Steve, por todo su apoyo y amor.

Y para todos mis queridos amigos y familiares,
cuya motivación me ayudó a hacer.

Dedicado a todas las mamás y papás
que nunca duermen solos...

Había una vez un niño llamado Justin.

Le gustaba hacer todas las cosas que un niño de
tres años activo y feliz hace...

Le gustaba andar en su bicicleta,

jugar con su perro, Gypsy,

Y comer macarrones con salsa de queso.

Pero lo único que a Justin NO le gustaba hacer era...

Dormir en su cama--*solito*.

El papá y la mamá de Justin tenían que acostarse con él todas las noches.

En su cama....

O en la de sus papás.

Una noche, mientras Justin se estaba acostando, su mamá miró hacia afuera. Ella vió una pequeñísima y brillante luz que resplandecía afuera de su ventana. De pronto, ella recordó una historia que su madre le había contado cuando era niña.

"¡Justin, el hada de la almohada está afuera de tu ventana!" exclamó.

"¿El hada de la almohada?" preguntó Justin, "¿Qué es el hada de la almohada?"

"El hada de la almohada", exclamó emocionada su madre, "es una hada pequeña que visita a todos los niños y niñas que duermen *solitos* en sus camas. Cuando se despiertan en la mañana, buscan debajo de sus almohadas y encuentran una pequeña sorpresa que ella les deja".

"¿Cómo lo sabes?" pregunto Justin con cautela.

"Porque el hada de la almohada vino a mi casa cuando yo tenía tu edad".

"¿Y te dejó regalitos?" susurró Justin, con sus ojos bien abiertos de la emoción.

"Sí, pero sólo cuando yo me acosté a dormir y desperté en mi propia cama *solita*", dijo su mamá.

"Apresúrate, Justin, mejor te vas a acostar antes de que ella se vaya para la próxima casa", le advirtió su madre.

Justin saltó a su cama rápidamente y apretó fuertemente sus ojos.

Su mama le besó, apagó la luz y en silencio cerró la puerta.

A la mañana siguiente papá y mamá se despertaron con los gritos de alegría que venian del cuarto de Justin.

"¡Mamá, Papá, vengan a ver lo que el hada de la almohada me ha dejado!"

Justin les mostró una calcomanía brillante como el metal que tenía en su mano.

"¿De dónde salió eso?" preguntó papá.

"Del hada de la almohada", contestó Justin orgulloso. "Ella deja sorpresas debajo de tu almohada, cuando duermes en tu propia cama, *solito*".

Cada noche desde ese día, Justin y su mamá se alistaban para la cama.

Su mamá lo arrullaba y contestaba las preguntas que Justin hacía acerca del hada de la almohada.

"¿Cómo es?"

"¿Es grande?"

"¿Puedo verla?"

Su mamá veía entonces fuera de su ventana,
y cuando veía la pequeña luz brillante al final
de su estacionamiento, bajaba la persiana,
le daba un beso a Justin y cerraba la puerta
de su habitación...

Y cada mañana, Justin levantaría su almohada para ver el mágico regalo que el hada de la almohada le había dejado:

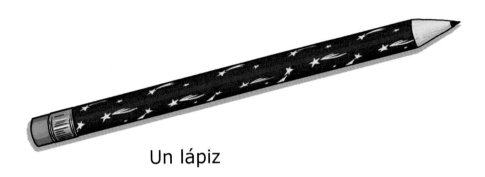

Un lápiz

Un carrito

Una moneda

Algunas veces, ella también le dejaba una nota:

Querido Justin-
Lo siento, pero No
tengo BRONTOSAURIOS
Espero que Este Estego-
saurio te guste. Estuviste
muy Bien al irte a
dormir a tu cama
este Noche.
           Con Amor-

     El Hada
        de la
     Almohada

Pasaron algunos meses y Justin ha estado acostándose en su propia cama, *solito*.

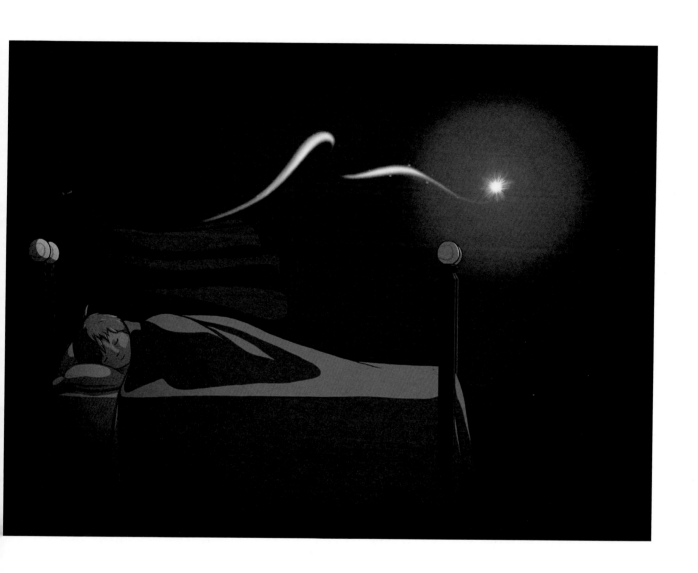

Una mañana, cuando Justin se levantó, se dio cuenta de que el hada de la almohada no le había dejado nada debajo de su almohada.

"¡Mamá, Papá, vengan a ver lo que el hada de la almohada me ha dejado!" gritó Justin fuertemente.

"Sabía que pasaría ", replicó su madre.

"¿Por qué no vino?" preguntó Justin llorando.

"Tú has estado durmiendo en tu cama *solito*", le explicó
gentilmente su madre. "Ya no necesitas al hada de la almohada.
Ahora ella se ha ido a ayudar a otros niños y niñas".

Justin miró por la ventana y pensó en ello por un momento.
"¿Vendrá alguna vez a verme de nuevo?"
preguntó con esperanza.

"Sí, ella pasará de vez en cuando para ver cómo estás. Tú nunca sabes cuando ella pueda venir para ver que todavía estás durmiendo en tu propia cama *solito* cada noche. Sabrás que ha venido, porque cuando lo haga, te dejará algo debajo de la almohada".

Justin se quedó en silencio por un momento, asimilando todo lo que su mamá le decía.

De pronto, una gran sonrisa se dibujó en su cara.

"¡Cuando venga, estaré listo!" sonrió Justin.

Y después de esto, se fue a jugar.

Made in the USA
Lexington, KY
08 May 2018